Büyükannem ve Minik Kuş

İki büyükanneme,
Esther'in babaannesi
ve anneannesine
ve Gladys'e.

Kayadan kayaya,
Göz göze,
Yan yana,
Sen ve ben.
Köpürüyor mavi,
Bir sakin bir coşkun,
Ben denizim.
Sen gökyüzü.

SEV Yayıncılık Eğitim ve Ticaret A.Ş. bir Sağlık ve Eğitim Vakfı kuruluşudur.
Nuhkuyusu Cad., No. 197 Üsküdar İş Merkezi, Kat 3, 34664 Bağlarbaşı, Üsküdar, İstanbul • Tel.: (0216) 474 23 43
Sertifika No. 12603 • Metin ve Resimler: © 2018 Benji Davies • Orijinal Eser: © 2018 Simon & Schuster UK Ltd.(1st Floor,
222 Gray's Inn Road, London, WC1X 8HB, A CBS Company) • Türkçe Çeviri: © 2019 SEV Yayıncılık Eğitim ve Ticaret A.Ş.
Türkçe baskısı Simon & Schuster UK'in izni ile yayımlanmıştır. • Özgün Adı: Grandma Bird • Çeviren: Oğuzhan Aydın
Yayın Yönetmeni: S. Baha Sönmez • Editör: Burcu Ünsal Çeküç • Son Okuma: Gökçe Ateş Aytuğ • Baskıya Hazırlayan: Hüseyin Vatan
Birinci Baskı: Eylül 2019 • ISBN: 978-605-2079-68-3 • Tüm hakları saklıdır. • Bu kitap Çin'de basılmıştır.

BüyükANNEM ve Minik Kuş

Benji Davies

Çeviren: Oğuzhan Aydın

REDHOUSE
kidz

Noi, babası ve altı kedisiyle birlikte deniz kenarında yaşıyordu.

Yaz gelmişti. Noi, yazı büyükannesinin evinde geçirecekti.

Uzun bir yolculuktan sonra eve vardılar.
Büyükannesi, çimenlerin sert rüzgârlarla yana yattığı
minik bir kara parçası üzerinde, yalnız yaşıyordu.

Buranın tek ziyaretçisi rüzgârla gelen ve yine
rüzgârla giden kuşlardı.

Noi büyükannesini pek anlayabilmiş değildi.

Yosun çorbası yapıyor ve
dişlerini bir kavanozda saklıyordu.

Geceleri birbirlerinin ayakucunda
yatmak zorunda kalıyorlardı. Battaniyeler
kaşındırıyor, büyükannesi yaşlı bir mors gibi horluyordu.

Büyükannesi gündüzleri
bir işten…

diğerine koşuyor…

oyun oynamaya hiç
vakti olmuyordu.

Noi de denizin gelgitle çekildiği
bir sabah ona haber vermeden dışarı çıktı.

Kayadan kayaya sıçrayıp
ıslak kumlarda şap şap
koşturdu.

Kayaların arasındaki su
birikintilerine girip çıktı.

Sonra uzakta, kumların üzerinde
parıldayan bir şey gördü.

Gördüğü şey oyuklarla dolu koca bir kayaydı.
Noi bir delikten girdi diğerinden çıktı,
kayanın etrafında hoplaya zıplaya dolandı.

Burası bir kale, bir gemi, bir haydut mağarasıydı.
Yaşlı bir balinanın yosun tutmuş sırtıydı.

Dışarıda kara bulutlar dönüp duruyordu.
Fırtına çıkacaktı.

Dalgalar kayaları dövüyor, yağmur duvarlardan
içeri sızıyordu. Noi sesleri dinledi.

Aniden bir şey, tiz bir ciklemeyle
pırrr diye fırtınadan kopup geldi.
Yuvarlanarak Noi'nin mağarasına düştü.

Küçük bir kuştu bu.
Pek iyi gözükmüyordu.

Minik kuş Noi'nin
avuçlarında titriyordu.

Noi hemen harekete
geçmeliydi.

Belki büyükannesi
ne yapılması gerektiğini bilirdi.

Gelgit sonucu deniz tekrar yükselmiş, kayaların üzerinde ilerlemek zorlaşmıştı. Noi var gücüyle hopladı, zıpladı ve sıçradı.

Ama fırtına onu sağa sola savuruyordu. Noi tam büyükannesinin evine dönemeyeceğini düşünmeye başlamıştı ki…

...aniden denizde bir yelkenli göründü.

"Büyükanne!" diye bağırdı Noi.
"Tuttum seni!" dedi büyükannesi ve
onları kucaklayıp yelkenliye aldı.

"Şükürler olsun seni bulabildim!"
Büyükannesi fırtınayı duyar duymaz
Noi'yi aramaya çıkmıştı.

Noi ve büyükannesi eve dönerken rüzgârın sürüklediği başka kuşlar da buldular. "Hep birlikte uzun bir yolculuğa çıkmış olmalılar," dedi büyükannesi.

Çok geçmeden ev kurumak için kanat çırpan kuşların cıvıltılarıyla dolmuştu.

Fırtına dinince kuşlar yoluna devam etti.

Yalnızca Noi'nin kuşu onlardan ayrılmak istememişti.

"Sanırım seni sevdi büyükanne!" dedi Noi.

"Acaba büyükannem burada tek başına yaşarken yalnızlık çekiyor mudur?" diye düşündü Noi.

Yazın geri kalanını birlikte, kayalıkları ve kıyıları keşfederek geçirdiler…

...büyükannesinin kuşu da onlara
hep eşlik etti.